W0088414

W. Jadujashi

Was ist der Quick-Jump?

Der Quick-Jump ist eine eindeutige Kennung für jeden Artikel. Durch Eingabe des Quick-Jumps in der rechten Spalte im Grik unter www.grik.de kannst Du direkt zu dem jeweiligen Artikel gelangen, um Fragen zur Beschreibung zu stellen, Deine eigene Variation des Inhalts vorzustellen oder auch um Tipps und Anmerkungen hinzuzufügen.

Herausgeber:	Mehlersoft (Christian Mehler) als Verantwortlicher für www.grik.de
Autoren:	Zahlreiche Mitarbeiter aus dem Bereich der Kinder- und Jugendarbeit
Herstellung und Verlag:	Books on Demand GmbH, Norderstedt
Layout:	Mehlersoft (Christian Mehler) - www.mehlersoft.com
1. Auflage:	März 20112

© by Mehlersoft (Christian Mehler), 2012

ISBN: 978-3-8482-0233-1

Gruppen-Aufgaben

Inhaltsverzeichnis

Vorwort

QUICK-JUMP
5333

"Gruppenaufgaben sind Spiele, bei denen die Gesamtgruppe kommunikativ und kooperativ tätig werden muss und das Spiel nur als Gesamtgruppe bewältigen kann. Gegner sind maximal der/die Spielleiter. Die Aufgaben dienen als Katalysator, um die beobachteten Effekte, Kommunikationen und Handlungen nach der Durchführung mit der Gruppe besprechen zu können."

Kategoriebeschreibung "Gruppenaufgaben, gruppendynamische Spiele" von Grik.de

Mit dieser Beschreibung der Kategorie "Gruppenaufgaben" bzw. "gruppendynamische Spiele" wird noch nicht alles über diese Spiele ausgesagt, sondern im Grunde nur:

- Gesamtgruppe arbeitet als ein Team

- Arbeitsform: Kooperativ

- Gegner: keine oder Spielleitung

- pädagogisches Ziel: Analyse des Vorgehens

Dass das noch nicht alles sein kann, wird klar, wenn man sich die ersten Beispiele in diesem Buch anschaut. Die Spiele beinhalten meist noch weitere charakterische Punkte:

- ein Problem, dessen Lösung nicht schon bekannt ist

- verschiedene Phasen, in denen verschiedene Aktionen erlaubt bzw. verboten sind: Planungsphase, Durchführungsphase, ggf. Beratungsphase und erneute Durchführungsphase

- Angaben, die das Spielgeschehen erschweren oder erleichtern

Die Auswahl der richtigen Aufgabe für die aktuelle Gruppenphase stellt eine kleine Kunst dar, die man aber leicht meistern kann, wenn man bedenkt:

- Wie lange und gut kennt sich die Gruppe schon?

- Gibt es ausgeschlossene Gruppen?

- Wurden schon andere Gruppenaufgaben erfolgreich gelöst?

Somit bietet es sich an, mit einfachen Gruppenaufgaben zu starten und erst später zu schwierigeren zu kommen. Leider ist es dabei nicht so, dass man die Gruppenaufgaben in "einfach" und "schwer" einteilen könnte, sondern man muss immer die aktuelle Gruppensituation betrachten.

Viele Gruppenaufgaben beinhalten ein Problem, dessen Lösung unbekannt ist. Daher müssen verschiedene Strategien erprobt, ausprobiert, verworfen, abgewandelt oder auch bestätigt werden, wodurch die Interaktion der Gruppe untereinander gut vom Spielleiter (aber auch durch Teilnehmer, die aktuell von der Aktion ausgenommen sind oder durch Videomitschnitte) beobachtet werden. Das Ziel einer Gruppenaufgabe ist somit nicht die erfolgreiche Bewältigung der Aufgabe durch die Gruppe (auch wenn das natürlich einen sehr positiven Effekt hat), sondern vor allem die nachfolgende Auswertungsphase.

Daher sollte jede Aufgabe ein Ziel verfolgen, das zur aktuellen Gruppensituation passt:

- Förderung des Gruppenzusammenhalts

- Aufzeigen der Strategie (wie geht die Gruppe im Falle eines Zwischenfalls vor)

- Einsichten in das Rollenbewusstsein (wer hat welche Rolle in der Gruppe)

- Erhöhung der Problembewältigung (anhand einer fiktiven Problemstellung und der Lösung davon, kann man konkete Schwierigkeiten in der Gruppe ansprechen)

- ...

In der Auswertungsphase versucht man als Spielleiter vor allem die Gruppe in die Auswertung mit einzubeziehen und die meisten Reflexionen und Anstöße von diesen zu bekommen. Damit das gelingt, gibt es mehrere Fragen, die man sich merken (oder auf einem Notizzettel dabei haben) sollte. Die Fragen lassen sich grob in die folgenden Kategorien einteilen. Dabei sollten diese ineinander greifen und nicht lose hintereinander gestellt werden.

Emotionale Fragen:

- Wie fühlt ihr euch?

- Wie habt ihr euch dabei gefühlt?

Fragen zum Gruppengefüge:

- Wer übernimmt welche Funktion, Rolle oder Aufgabe? Gab es feste Rollen? Existierte ein Anführer?

- Wer beteiligt sich an der Diskussion? Wer nicht?

- Wie wurde über das weitere Vorgehen entschieden?

- Entstanden Teil- bzw. Untergruppen? Welche kommunizierten miteinander?
- Wie wird mit Vorschlägen (von wem) umgegangen?
- Wer beteiligt sich gar nicht?

Auf die Aufgabe bezogene Fragen:

- Wie habt ihr die Aufgabe empfunden?
- Wo lag die Schwierigkeit?

Fragen zur Planung und Umsetzung:

- Was habt ihr in der Planungsphase/an Stelle/dann gemacht?
- Wie wurde der Ablauf organisiert?
- Wer hatte den Vorschlag/die Idee?
- Wie habt ihr dann weitergemacht? Warum?
- Woran lag es, dass dies nicht funktioniert hat?

Reflexion:

- Wie würdet ihr das das nächste Mal machen/versuchen?

Natürlich sollte man während dieser Auswertung strikt darauf achten, dass die Gruppe nicht versucht einer einzelnen Person den "schwarzen Peter" zuzuschieben, sondern dann auch danach fragen, was hättet ihr machen können, um ihn/sie zu unterstützen, damit es gelingt? Ob man von vornerein bei der Auswertung das Nennen von Namen verbietet (und damit die gewünschten Effekte erreicht), ist fragwürdig, denn schließlich war jeder dabei und weiß, um wen es im konkreten Fall geht. Wichtig ist es, während der Auswertung auch eigene Empfindungen und Impulse miteinfließen zu lassen, aber eben nur so viele wie nötig und so wenige wie möglich.

Vor allem bei gescheiterten Aufgaben kann diese Phase zu einem Spießrutenlauf werden, kann aber mit klaren Regeln (vor allem: Wer redet wann?) oder einer kurzen zeitlichen Distanz gemeistert werden.

Hat die Auswertung geklappt, so sollte die Gruppe jetzt zumindest wissen, woran es gelegen haben könnte, dass es geklappt bzw. nicht geklappt hat und was man beim nächsten Mal (unabhängig vom Ergebnis) während der Planungs- und der Durchführungsphase anders machen würde, könnte oder sollte.

Aquädukt
von Christian Mehler

Alter: ab 10 Jahren

Anzahl: von 5 bis 20 Teilnehmer

Ort: drinnen oder draußen

Dauer: 5 bis 15 Minuten

Ziel: Problem lösen

Material:
- Frischhaltefolie am Stück (pro Teilnehmer 1 bis 1,50 Meter)
- zwei Wassereimer, davon einer mit Wasser gefüllt
- verschiedende Hindernisse

Beschreibung:
Die Teilnehmer bekommen die Aufgabe das Wasser vom einem Eimer in den anderen zu transportieren. Die Eimer stehen in einer Entfernung auseinander, die etwas kürzer als die Länge der Frischhaltefolie ist. Dabei darf kein Teilnehmer laufen, sondern alle müssen, nachdem sie sich auf eine Strategie und die Umsetzung derer geeinigt haben, an einem festen Platz bleiben.

Ein Teilnehmer bekommt eine Sonderaufgabe: Das Einschütten des Wassers auf die Folie.

Variation:
- Je nach Länge der Folie, die man für jeden Teilnehmer rechnet, wird es einfacher oder schwerer.
- Zwischen den Eimern sind verschiedene Hindernisse eingebaut, die durch Hochheben bzw. Runterdrücken der Folie überwunden werden kann (bspw. Tische).
- ohne Wasser: Murmeltransport (s. Seite 53)

Blinde Mathematiker

Blindes Quadrat, Malen mit dem Seil
von Simon Ritschka, Nadine Blum, Andreas Robra und Niki Fink

Alter:	ab 9 Jahren
Anzahl:	ab 4 Teilnehmern
Ort:	große, ebene Fläche
Dauer:	5 bis 20 Minuten
Ziel:	Förderung der Kooperation

Material:

- langes Seil (Enden miteinander verknotet)
- Augenbinden

Beschreibung:

Die Teilnehmer stehen im Kreis und bekommen die Augen verbunden. Dann gibt man ihnen gemeinsam das Seil in die Hand. Ihre Aufgabe ist es, durch geschickte Kommunikation untereinander, ein großes Quadrat aus dem Seil zu legen.

Variationen:

- Ein Teilnehmer bekommt nicht die Augen verbunden und darf mit den anderen sprechen (ohne sich zu bewegen oder diese anzufassen).
- Die Teilnehmer sollen ein Dreieck bilden.
- Ab 8 Teilnehmern ist auch das Bilden einer Sternenform möglich.
- "Das Haus des Nikolaus" bilden lassen.
- Die Seilenden nicht zusammenknoten und Figuren bilden, die aus einer Linie bestehen (Zahlen, Buchstaben,... - der Phantasie sind keine Grenzen gesetzt).

Kommentar von Roland Riner

Das Spiel kann man sicher auch in der Nacht spielen.

Kommentar von Christian Mehler

Bei vielen Teilnehmern kann man auch eine Sternenform fabrizieren. Dazu sind mindestens 8 Mitspieler nötig.

Kommentar von Andreas Robra

Wenn man die geometrischen Grundformen hinter sich gebracht hat und sozusagen "warm" ist, kann man sich auch an etwas Anspruchsvolles wagen: "Das Haus des Nikolaus" (Ihr wisst schon: ein Quadrat, dessen Ecken überkreuz verbunden sind mit einem Dach drauf. Diese Figur muss man an einem Stück durchzeichnen oder in diesem Fall mit einem Seil nachlegen)

Kommentar von Niki Fink

Wir haben das Spiel auch schon mit bis zu 30 Leuten gespielt. Mehr wird aber - glaube ich - unübersichtlich. Je weiter die Spieler auseinander stehen, d.h. je länger das Seil, desto schwieriger wird das Ganze. Gerade bei älteren Spielern macht es aber mit einem langen Seil deutlich mehr Spaß. Als Variation kann man auch noch die Seilenden nicht zusammenknoten und dann Figuren ansagen, die aus einer Linie bestehen (Zahlen, Buchstaben,... der Phantasie seien keine Grenzen gesetzt).

Kommentar von Andreas Robra

Statt den Spielern die Augen zu verbinden, kann man sie auch sehen lassen. Dann aber dürfen sie nicht mehr sprechen, nachdem die konkrete Aufgabe gestellt wurde.

Kommentar von Christian Mehler

Eine kleine, aber zu große Variation für einen Kommentar: Blinde Mathematiker 3D (s. Seite 13)

Blinde Mathematiker 3D
von Christian Mehler

Alter:	ab 12 Jahren
Anzahl:	von 3 bis 10 Teilnehmer
Ort:	ebene Fläche
Dauer:	20 bis 40 Minuten
Ziel:	Förderung der Kooperation; Problem lösen

Material:
- Bambusstäbe (die für den Garten, aus dem Baumarkt)
- Styroporwürfel (ca. 10x10x10 cm, entweder selbst aus Styroporplatte aus dem Baumarkt zusägen oder aus den Resten von bspw. Möbelverpackungen herstellen)
- ggf. Augenbinden

Beschreibung:
Diese starke Abwandlung von Blinde Mathematiker (s. Seite 11) sollte erst nach dem Orginal gespielt werden. Aus den Bambusstäben und den Sytroporwürfeln lassen sich sehr einfach Kantenmodelle von Würfeln, Quadern, aber auch Pyramiden oder Häuser zusammenstecken.

Typischerweise sollte man hierbei in mehreren Runden vorgehen:

1. Eine Runde, in der die Teilnehmer alles sehen können, aber jede Form der Kommunikation untereinander verboten ist.

2. Eine Runde, in der ein Teilnehmer alles sehen kann, mit den anderen kommunizieren, aber nicht direkt eingreifen darf (alle anderen sind blind und stumm).

3. Eine Runde, in der alle Teilnehmer nichts sehen, aber wieder miteinander kommunizieren dürfen.

Die Aufgabe für die Gruppe lautet dabei immer gleich: Baut aus den Materialien einen Würfel/Quader/Pyramide/Haus!

Da die Organisation mit dem Zusammenstecken an und für sich schon sehr schwer ist, kann man auch alle drei Runden mit derselben Figur durchspielen.

Variation:

Bei der ersten Runde oder als weitere Zwischenstufen noch Erschwerungen einführen wie:

- Jeder Stab muss von zwei Personen dauerhaft festgehalten werden.

- Jeder Knoten (Styroporwürfel) muss immer von einer Person berührt werden.

- Eine Person darf nur maximal zwei Stäbe berühren.

- etc.

Hinweis:

Man sollte genügend Ersatzstyroporwürfel dabei haben, da diese vor allem bei den blinden Phasen teilweise schnell zerstört werden. Wenn man kompliziertere Figuren erstellen lassen möchte (bspw. Dreiecksprisma) unbedingt darauf achten, dass diese mit den vorhandenen Stablängen herstellbar sind.

Blinde, Gelähmte und Stumme
von Jonathan Massini

Alter:	ab 9 Jahren
Anzahl:	ab 6 Teilnehmern
Ort:	am besten eine Wiese, lichter Wald oder ähnliche Orte
Dauer:	15 bis 30 Minuten (je nach Gruppengröße)
Ziel:	als Team arbeiten; sich auf andere verlassen

Material:

- Augenbinden

Beschreibung:

Die Gruppe wird in drei Gruppen eingeteilt:

1) Blinde - Diese Personen bekommen die Augen verbunden und können nichts sehen. Reden und Gehen, können sie.

2) Gelähmte - Diese Personen können nicht gehen, sie können nur von anderen Mitspielern getragen werden. Reden und sehen, können sie.

3) Stumme - Diese Personen können nicht reden. Gehen und sehen, können sie.

Die Gruppe wird nun auf dem Gelände verteilt. Ihre Aufgabe ist es, alle Gruppenmitglieder zurück zum Startpunkt zu bringen. Dazu muss die Gruppe zusammen arbeiten. Das Spiel endet erst, wenn alle gefunden und zum Startpunkt zurück gebracht worden sind. Wenn eine Person fehlt, heißt es für alle die es können, nochmal los gehen und suchen.

Wichtig: Am besten am Anfang einmal durchzählen, damit man auch niemanden am Schluss vergisst und die Person noch zwei Stunden auf der Wiese liegt!

Variationen:

Man kann auch Personen mit zwei oder allen Eigenschaften machen, also welche, die blind und gelähmt sind oder blind und stumm, ...

Kommentar von Christian Mehler

Eine etwas schwierigere, in eine Geschichte eingebundene Variation findet man in Flugzeugabsturz (s. Seite 36).

Blindes Einkaufen
von Christian Mehler

Alter: ab 12 bis 99 Jahren

Anzahl: ab 3 Teilnehmern

Ort: ebene Fläche

Dauer: 30 bis 60 Minuten

Ziel: gemeinsames Vorgehen entwickeln; Förderung der Kooperation und Kommunikation

Material:

- viele dicke Seile
- diverse Gegenstände (ca. 1 bis 2 pro Teilnehmer)
- pro Teilnehmer eine Augenbinde

Vorbereitung:

Mit den Seilen ein großes Spielfeld abgrenzen (für 15 Teilnehmer ca. halbe Fußballfeldgröße, bei weiteren entsprechend mehr). In dem abgegrenzten Spielfeld einen kleinen Kreis, die "Sammelstelle" ("Einkaufswagen"), legen. Alle Gegenstände im Spielfeld außerhalb der Sammelstelle verteilen.

Beschreibung:

Das Ziel des Spiels ist es, alle Gegenstände in die Sammelstelle zu transportieren.

Die Teilnehmer dürfen sich für 5 bis 10 Minuten frei über das Spielfeld bewegen und dabei eine Taktik zum Einsammeln der Gegenstände beratschlagen sowie sich deren Position einprägen. Danach bekommen alle Teilnehmer die Augen verbunden und müssen die Gegenstände einsammeln.

Variationen:

- Es darf sich für max. 10 Sekunden max. ein Teilnehmer in der Sammelstelle aufhalten und dort die Augenbinde abnehmen. Allerdings darf er erst wieder mit den anderen kommunizieren, wenn er die Augen verbunden und wieder außerhalb der Sammelstelle ist.
- Nach 10 Minuten darf jeder kurz die Augenbinde abnehmen, bleibt an seiner Position stehen und bekommt sie dann wieder erneut verbunden.
- Die Gegenstände nur in der Nähe der äußeren Spielfeldbegrenzung ablegen (einfacher).

- Man darf nur jeweils einen Gegenstand aufnehmen und muss diesen erst zur Sammelstelle transportieren, bevor man den nächsten aufnehmen darf.

Hinweis:

Als Spielleiter unbedingt darauf aufpassen, dass kein Teilnehmer die äußere Begrenzung überschreitet.

Calculator

Aufwärts tippen, Safe, Taschenrechner
von Christian Mehler

QUICK-JUMP
5049

Alter:	ab 8 Jahren
Anzahl:	ab 4 Teilnehmern
Ort:	ebene Fläche
Dauer:	10 bis 20 Minuten
Ziel:	Problem lösen

Material:

- Zahlenkarten von 1 bis 30 (oder mehr, je nach Anzahl der Mitspieler)
- 2 Seile
- Stoppuhr

Vorbereitung:

Mit dem einen Seil einen großen Kreis legen und die Zahlenkarten (mit den Zahlen nach oben) darin wahllos verteilen. Das andere Seil als Startlinie für die Gruppe einige Meter davon entfernt auslegen.

Beschreibung:

Die Gruppe bekommt die Aufgabe in dem Kreis jede Zahl in aufsteigender Reihenfolge zu berühren (mit der Hand). Dabei darf immer nur ein Teilnehmer im Kreis sein und alle anderen müssen um den Kreis herum stehen. Die Teilnehmer starten hinter der Startlinie und einigen sich als erstes auf eine Strategie, wie sie die Aufgabe erfüllen wollen.

Danach geht es auf ein Startsignal los, der Spielleiter überwacht das Einhalten der Regeln und stoppt die Zeit bis der letzte nach dem Berühren/Antippen aller Zahlen wieder hinter der Startlinie ist.

Aufgabe des Spielleiters ist es, nach jedem Durchgang die Gruppe dazu anzustacheln, ob sie die gemessene Zeit noch schlagen kann und ob sie evtl. noch eine andere Strategie ausprobieren möchte/will.

Variationen:

- Verschärfung: Während des Antippens darf nicht geredet werden.
- Abwandlung: Nur gerade/durch x teilbare/nur die nicht durch x teilbaren Zahlen antippen.
- Die Gruppe sich selbst in zwei Gruppen einteilen lassen: "Gedächnisfreaks" und "Tippmeister". Gemeinsam darf die Gruppe eine Strategie entwickeln. Anschließend werden die Gedächnisfreaks zum Kreis

geführt. Diesmal liegen die Zettel jedoch mit den Zahlen nach unten. Die Gedächnisfreaks bekommen die Aufgabe sich die Position der Zahlen einzuprägen. Die Gedächnisfreaks dürfen in den anschließenden Aufdeckphase den Kreis nicht betreten, sondern nur jeweils ein Tippmeister (ist meist nur eine Person). Sobald ein Tippmeister den falschen Zettel - die falsche Zahl - umdreht, startet das Aufdecken von vorne. Meist führt der Spielleiter ein, dass die Gruppe die Aufgabe nach 10 Minuten bewältigt haben muss. Die Zeit startet mit dem ersten Versuch und läuft weiter.

- Diese Variante kann man durch mehr Zahlen (ca. 3 bis 5 pro Teilnehmer), weniger Zeit oder einen größeren Kreis verschärfen.

Hinweis:

Die Auswertung dieses Spiels bezieht sich größtenteils auf die Strategieentwurfsphase und weniger auf die Durchführungsphase.

Der kleinste Kreis
von Daniel Seiler

QUICK-JUMP
2418

Alter:	ab 14 Jahren
Anzahl:	ab 5 Teilnehmern
Ort:	ebene Fläche
Dauer:	5 bis 20 Minuten
Ziel:	Überwinden der persönlichen Kontaktschranke; Kennenlernen

Material:

- Seil

Beschreibung:

Die Teilnehmer bekommen ein Seil und sollen mit diesem einen Kreis legen, in dem sie alle noch Platz haben. Dazu dürfen sie den Kreis aber nicht betreten bzw. das Ganze ausprobieren.

Nachdem sie sich für einen Kreis entschieden haben, sollen sie das Ganze ausprobieren. Schaffen sie es gut, kann man versuchen den Kreis auch noch kleiner zu machen!

Kommentar von Roland Riner

Das Spiel ist dem Artikel Pinguine in Seenot (siehe Seite 55) recht ähnlich.

Man kann es auch als Gruppenwettkampf durchführen. Welche Gruppe kann sich im kleinsten Kreis aufhalten?

Der Sin Obelisk
von Thorben Hüdepohl

QUICK-JUMP
5455

Alter:	ab 14 bis 99 Jahren
Anzahl:	von 15 bis 38 Teilnehmer
Ort:	großes Gelände
Dauer:	ca. 45 Minuten
Ziel:	Problem lösen

Material:

- vorbereitete Infokarten

Beschreibung:

In der alten Stadt Atlantis wurde zu Ehren der Göttin Onra ein "SIN", ein massiver rechteckiger Obelisk, gebaut. Das Bauwerk wurde in weniger als zwei Wochen vollendet. Aufgabe der Gruppe ist es nun, gemeinsam herauszufinden, an welchem Tag der Obelisk fertig gestellt wurde. Ihr habt höchstens 45 Minuten Zeit. Ihr habt Kärtchen mit Informationen erhalten, auf denen alle Instruktionen zur Lösung der Aufgabe enthalten sind. Ihr dürft diese Kärtchen nicht herzeigen oder hergeben - aber tauscht eure "Informationen/Wissen" aus. Stellt euer "Wissen" der Gruppe zur Verfügung und versucht gemeinsam die Lösung zu finden. Kärtchen mit jeweils einem "INFO" beschriftet, mischen und an die Gruppenmitglieder verteilen!

Infokärtchen:

- Info 1: Was ist ein Sin?
- Info 2: Die Breite des Sin beträgt 10 Meter.
- Info 3: Die Höhe des Sin beträgt 100 Meter.
- Info 4: Die Länge des Sin beträgt 50 Meter.
- Info 5: Ein Klaster ist ein Würfel, dessen Kanten 1 Antediluvialen Yard betragen.
- Info 6: Ein Arbeitstag dauert 9 Quags.
- Info 7: Ein Quag besteht aus 8 Yoghs.
- Info 8: Der Atlantische Tag ist unterteilt in Quags und Yoghs.
- Info 9: Die Woche in Atlantis hat 5 Tage.
- Info 10: Der erste Tag der Woche heißt "Aquatag".
- Info 11: Der zweite Tag der Woche heißt "Neptiminus".

- Info 12: Der dritte Tag der Woche heißt "Avgamati".
- Info 13: Der vierte Tag der Woche heißt "Ninildu".
- Info 14: Der fünfte Tag der Woche heißt "Meltemi".
- Info 15: Am Meltemitag wird nicht gearbeitet!
- Info 16: Die Arbeit beginnt am "Aquatag" bei Tagesanbruch.
- Info 17: Während der Arbeitszeit befindet sich jeweils eine Gruppe von 9 Leuten an der Baustelle.
- Info 18: Nur eine Gruppe arbeitet jeweils auf der Baustelle.
- Info 19: In jeder Gruppe arbeiten zwei Frauen.
- Info 20: Jeder Arbeiter/in legt 150 Blocke pro Quag.
- Info 21: Jeweils ein Mitglied der Gruppe hat rituelle Pflichten und arbeitet daher nicht mit.
- Info 22: Jeder Arbeiter/in hat insgesamt 16 Yoghs pro Tag Pause.
- Info 23: Acht Atlantis Chips ergeben einen Pharaonischen Dollar.
- Info 24: Ein Steinblock kostet 2 Pharaonische Dollar.
- Info 25: Ein Antediluviale Parasange hat 3 1/2 Ellen.
- Info 26: Der Sin Obelisk wird aus Steinblöcken gebaut.
- Info 27: Der Sin besteht aus blassvioletten Blöcken.
- Info 28: Jeder Block ist einen Kubikmeter groß.
- Info 29: Was ist ein Klaster?
- Info 30: Mit welcher Seite nach oben steht der Sin?
- Info 31: Blassviolett hat am Avgamatiatag eine besondere kultisch Bedeutung!
- Info 32: Was müssen wir wissen, um die Dauer der Arbeit berechnen zu können?
- Info 33: Sollten wir nicht unsere gemeinsamen Informationen notieren?
- Info 34: Wir könnten auch noch die Materialkosten des Sin berechnen!
- Info 35: Lassen wir uns nicht durch Unwichtiges verwirren!
- Info 36: Ohne zu fragen, werden wir die Aufgabe wohl nicht lösen können!
- Info 37: Also wie heißen nun die Tage der Atlantischen Woche?
- Info 38: Frauen arbeiten genauso viel wie die Männer!
- Info 39: ?

Die Lösung:

1. Wie groß ist der Sin Obelisk (Volumen) und aus wie vielen Blöcken besteht er? Info 2 - Breite 10 Meter, Info 3 - Höhe 100 Meter, Info 4 - Länge 5 Meter; 50 mal 100 = 50.000 Kubikmeter das heißt der Obelisk besteht aus 50.000 Blöcken!

2. Wie viele Blöcke bewältigen die Arbeiter? Ein Arbeiter bewältigt pro Quag 150 Blöcke! (Info 20) Ein Arbeitstag besteht aus 9 Quags (Info 6). Da aber jeder Arbeiter pro Arbeitstag 16 Yoghs Pause hat (Info 22) und 1 Quag aus 8 Yoghs besteht (Info 7), müssen wir 2 Quags Pause abziehen und es verbleiben somit für jeden Arbeiter nur mehr 7 Arbeitsquags pro Tag. Somit legt jeder Arbeiter pro Arbeitstag (150 mal 7) 1050 Blöcke.

3. Wie viel Arbeitstage werden für den Bau benötigt? Da sich an jedem Arbeitstag eine Gruppe von 9 Arbeitern an der Sin-Baustelle befindet (Info 17) und davon eine Person für kultische Handlungen von der Arbeit freigestellt ist (Info 21), werden immer nur 8 Personen pro Tag arbeiten. Von diesen 8 Personen werden pro Arbeitstag (1050 mal 8) 8400 Blöcke gelegt. Nun muss man ausrechnen, wie viele Arbeitstage insgesamt von 8400 Blöcken bis zur Fertigstellung des Sin-Obelisken (50.000 Blöcke) benötig werden. Rechnet man die Gesamtzahl der Blöcke (50.000) durch den Tagessatz (8.400 Blöcke), ergibt das dann 5.9 Tage. Es werden also 6 Tage für den Bau benötigt.

4. An welchem Tag endet die Arbeit am Sin Obelisken? Um dies feststellen zu können, müssen erst einmal die Namen der Tage und Reihenfolge innerhalb der Atlantischen Woche erfasst werden. Der erste Tag ist der Aquatag (Info 10). Die Arbeit beginnt an diesem Tag (Info 16). Der zweite Tag ist der Neptiminustag (Info 11), der dritte - Avgamatiatag (Info 12), etc.

5. Und als Fleißaufgabe – wie viel hat das Material des Sin-Obelisken gekostet? Wie wir wissen, kostet ein Block 2 Pharonische Dollar (Info 24) und wie wir aus unseren Berechnungen unter Punkt 1. wissen, besteht der Obelisk aus 50.000 Blöcken. Somit kostet dieses Bauwerk lediglich die Summe von 100.000 Pharaonischen Dollar.

6. Ob die Arbeiter auch was bekommen, was die Verpflegung und die Räucherstäbchen für die Kulthandlungen kosten, muss erst durch die Archäologen geklärt werden ...

Abschließende Diskussion anhand folgender Fragen:

1. Welche Verhaltensweisen haben der Gruppe bei der Lösung der Aufgabe geholfen?

2. Welche Verhaltensweisen haben die Lösung der Aufgabe behindert?

3. Wer hat sich am meisten beteiligt?

4. Wer hat sich am meisten zurückgehalten?

5. Wie haben Ihr den ganzen Lösungsprozess erlebt?

6. Was hat mir diese Übung gebracht?

Dreiecksparkettierung
von Christian Mehler

Alter:	ab 14 Jahren
Anzahl:	ab 6 Teilnehmern
Ort:	viel Platz
Dauer:	10 bis 20 Minuten
Ziel:	Förderung und Beobachtung der Gruppeninteraktion

Beschreibung:

Jeder Spieler wählt sich geheim zwei Mitspieler aus (und notiert diese auf einem Zettel). Jetzt erst bekommen die Teilnehmer ihre Aufgabe mitgeteilt: Jeder soll sich so stellen, dass er mit seinen beiden gewählten Mitspielern ein gleichseitiges Dreieck bildet.

Schafft es die Gruppe einen stabilen Zustand zu erreichen? Sind es mehrere, voneinander getrennte Systeme oder ein Gesamtsystem?

Variationen:

- Spielleiter überprüft die geheime Wahl und die Positionen
- explizite Trennung der ggf. einzelnen, losgelösten Systeme (eignet sich gut zum Thematisieren der Grüppchenbildung)

Eiertransporter
Lifter
von Christian Mehler

QUICK-JUMP
5050

Alter: ab 10 Jahren

Anzahl: von 10 bis 30 Teilnehmer

Ort: ebene Fläche

Dauer: 10 bis 30 Minuten

Ziel: Förderung der Kooperation

Material:

- Ei (zum Üben: kleiner Ball)
- Glasflasche mit kleinem Hals oder gefüllte Plastikflasche (steht stabiler)
- Holz- oder Plastikring, der über den Flaschenhals passt
- pro Teilnehmer 2 Meter Seil

Vorbereitung:

Die Seile sternenförmig an den Ring knoten. Die Flasche aufstellen, Ei und Seil-Ring-Konstruktion daneben auslegen.

Beschreibung:

Die Aufgabe für die Gruppe lautet: Das Ei gemeinsam mit allen auf der Flasche ablegen! Dabei darf weder das Ei, noch die Flasche berührt werden! Als Hilfsmittel dient die Seil-Ring-Konstruktion, wobei die Seile nur am Ende angefasst werden dürfen.

Variationen:

- unterschiedlich lange Seile verwenden (länger, kürzer)
- Übungsrunde mit Ball erlauben, danach mit Ei umsetzen
- Seile weiter vorne greifen lassen

Einzähl-Verse
von Hedwig Weber

Alter: ab 10 Jahren

Anzahl: von 10 bis 40 Teilnehmer

Ort: beliebig

Dauer: je nach Gruppengröße

Ziel: Stärkung des Gruppengefühls

Material:

- Notizzettel
- Stifte

Beschreibung:

Die Kinder bekommen die Aufgabe, sich in Paaren oder Kleingruppen gereimte Verse auszudenken, mit denen sie andere Kinder in ihre Gruppe holen - niemand darf übrig bleiben. Zusätzlich kann man Notizzettel und Bleistifte anbieten.

Der Gruppenleiter kann helfen und ein Beispiel vorgeben. Z.B.:

Wir sind zu zweit, aber du bist allein,

das darf nicht sein,

komm zu uns in die Gruppe rein.

Wer allein ist, braucht den andern,

komm, wir wollen gemeinsam wandern!

Komm rasch zu uns in die Gruppe rein,

gemeinsam werden wir fröhlicher sein.

Elektrischer Käfig
Die Mauer
von Florian Lindemann

QUICK-JUMP
1467

Alter: ab 10 bis 99 Jahren

Anzahl: von 15 bis 40 Teilnehmer

Ort: ebene Fläche, z.B. Rasen (nicht zu harter Boden)

Dauer: 30 bis 45 Minuten

Ziel: Problem lösen

Material:

- Seile
- Stangen (oder ähnliches zum Aufspannen der Seile)

Vorbereitung:

Mit den Seilen wird eine rechteckige Fläche umspannt, die genug Platz für die gesamte Gruppe bietet. Die Seile an den vier Seiten müssen in unterschiedlicher Höhe befestigt sein (von etwa 50 cm bis 150 cm; je nach Alter bzw. Größe der Kinder)

Beschreibung:

Zu Beginn des Spiels befindet sich die gesamte Gruppe innerhalb des "elektrischen Käfigs". Ziel ist es, dass die gesamte Gruppe aus dem Käfig entkommt. Hierzu müssen die Spieler den Käfig ÜBER die Seile verlassen, ohne diese zu berühren. Es dürfen an jeder Seite jedoch nur eine bestimmte Anzahl an Personen den Käfig verlassen (Beispiel für 30 Mitspieler: 5 auf der niedrigsten, 7 auf der zweitniedrigsten, 10 auf der zweithöchsten und 8 auf der höchsten Seite). Wird ein Seil berührt, müssen ALLE wieder zurück in den Käfig. Wie die Seile überquert werden, ist der Gruppe überlassen. Hier ist nun vor allem Kommunikation untereinander gefragt. So hat es bei uns, wir haben das Spiel mit einer fünften Klasse gespielt, eine ganze Weile gedauert, bis die Kids begriffen haben, dass Alleingänge einen bei diesem Spiel nicht weiterbringen, aber umso stolzer waren sie, als sie es dann letzlich doch geschafft hatten.

Hinweis:

An den vier Seiten des Käfigs sollten am besten vier Schiedsrichter stehen, die aufpassen, dass die Seile nicht berührt werden und nicht zu viele auf einer Seite passieren. Es sollten nach Möglichkeit, besonders bei jüngeren Gruppen, Personen sein, die im Notfall auch mit zupacken können, damit sich die Kids nicht buchstäblich rüberschmeißen und dabei verletzen.

Fass füllen
von Christian Mehler

QUICK-JUMP
5079

Alter: ab 12 bis 99 Jahren

Anzahl: von 5 bis 15 Teilnehmer

Ort: Fluss, Bach, Schwimmbad, Wasserleitung in der Nähe

Dauer: 15 bis 45 Minuten

Ziel: Förderung der Kooperation; Spaß

Material:

- großes Holz- oder dickeres Kunststofffass
- Holzdübel
- Wassereimer
- Gewässer oder Wasseranschluss
- Klebeband
- (Bohrmaschine)

Vorbereitung:

Die Bohrmaschine mit einem Bohrer - passende Größe zu den Holzdübeln - ausstatten. Das Fass mit vielen, vielen Löchern versehen. Die Holzdübel müssen in das Loch passen, aber nicht 100% sitzen, sondern minimal Luft haben (dabei lieber zu wenig Platz, als zu viel lassen).

Beschreibung:

Aufgabe der Gruppe ist es, das Fass mit Wasser bis zu einem bestimmten Stand (markieren mit Klebeband oder eben voll bis oben hin) zu füllen. Dazu bekommt die Gruppe einige Holzdübel (je nach Lochanzahl und Teilnehmeranzahl unterschiedlich) zur Verfügung gestellt. Die Gruppe bekommt vor dem Start einige Minuten Zeit, sich auf eine Taktik zu einigen.

Zum Lösen gibt es verschiedene Strategien wie z.B.

- Verschließen eines Teils der Löcher mit den Fingern
- Verschließen eines Teils der Löcher mit den Füßen/Fußsohlen
- Verschließen eines Teils der Löcher mit dem Rücken
- schnelleres Nachfüllen mit Wasser
- usw.

Hinweis:

Die Teilnehmer sollten am besten Badekleidung tragen!

Die "passende" Anzahl der Holzdübel zu finden, ist sehr schwierig. Es sollten auf jeden Fall deutlich weniger als Löcher sein.

Flug 275, die Notlandung

von Marcel Kruijer

Alter: ab 10 bis 99 Jahren

Anzahl: von 3 bis 99 Teilnehmer

Ort: drinnen oder draußen

Dauer: 20 bis 30 Minuten

Ziel: Offenbarung der Gruppenrollen

Material:

- 1 Blatt Papier und 1 Stift (pro Gruppe)

Vorbereitung:

Den Text für die Situation/Geschichte ausdrucken.

Für die Gruppe ein Blatt mit Stift bereithalten.

Beschreibung:

Vorlesen oder besser noch Geschichte (Situation, in der sich die Gruppe befinden wird) möglichst spannend erzählen!

Dann die Gruppe mit der Aufgabe 1 konfrontieren, keine weiteren Spielregeln treffen. Danach folgt die Aufgabe 2. Daraufhin sollte eine Diskussionsrunde stattfinden, um darüber zu sprechen, wie man zu den Ergebnissen kam.

Der Leiter kann sich nun einige Charaktermerkmale seiner Gruppenmitglieder notieren und die Gruppe dadurch sinnvoller nach den jeweiligen Begabungen leiten.

Die Geschichte

Der Flug 275 in der zweimotorigen DC3 verlief ohne Probleme.... bis die Maschine in ein Unwetter geriet und durch schwere Turbulenzen, Hagel und Blitzeinschlag im Elektrikteil des Cockpits gezwungen wurde, die Höhe aufzugeben und das Unwetter zu umfliegen.

Der Pilot setzte einen MayDay-Ruf ab und änderte den Kurs. Den neuen Kurs konnte er nicht mehr genau sagen, denn der Radiokompass und die Funkfeuer waren ausgefallen, der Magnetkompass schwankte wie wild hin und her, da die Maschine immer noch durch die Turbulenzen umhergeworfen wurde.

Es verging eine weitere Stunde in der Luft, bis der Pilot die schwer angeschlagene Maschine in einen kontrollierten Sinkflug brachte, um eine

Notlandung zu versuchen.

Weiterfliegen ist nun zu gefährlich geworden, die Batterie ist am Ende, der Generator durchgebrannt, der Funkkontakt besteht schon seit einer Stunde nicht mehr und der Spritvorrat reicht nur noch für 15 Minuten.

Einen besonderen Segen stellt der nun aufklarende Himmel dar. Die Erde ist bereits aus 3200 Metern Höhe zu sehen und das Gelände sieht sehr eben aus. Mit dem ersten Blick ist zu erkennen, dass der gesamte Boden nur aus einem Material besteht....Sand !

Ein letzter Notruf wird abgesetzt und die Crew gibt letzte Anweisungen zur Haltung und Verhalten für das Bevorstehende und wünscht, dass Gott mit ihnen allen sei.

Das Brummen der Motoren wird leiser, die Nase zieht hoch, das Fahrwerk bleibt eingefahren, um nicht im Sand stecken zu bleiben; das erste Aufsetzen ist nicht schlimm, beinahe angenehm... RUMMS, heftige Schläge und dann... Ruhe.

Die DC 3 überschlägt sich und bleibt lautlos im Sand liegen.

Gott war mit ihnen, außer Abschürfungen und Prellungen geht es allen recht gut.

Aufgabe 1
Ihr seid die Crew. Was macht ihr jetzt? Sammle die Aktionen, die Ihr als Crew jetzt unternehmt und bringt die 10 wichtigsten in eine Reihenfolge. Das Wichtigste zuerst, dann Schritt 2 und so weiter. Zur Übersicht gehen wir davon aus, dass immer nur eine Sache zur Zeit durchgeführt werden kann.

Aufgabe 2
Welche der folgenden Gegenstände nehmt ihr mit, wenn ihr versuchen müsst, euch in einer 3er Gruppe zu Fuß zur nächstgelegenen Zivilisation durchzuschlagen? (Die Gruppe muss sich in einer grob vorgegebenen Zeit ca. 5-10 min. entscheiden, welche fünf Gegenstände sie mitnehmen werden.)

- Kompass

- 5 Liter Wasserbeutel leer

- 2 Liter Wasserbeutel voll

- 1 Liter reiner Alkohol

- 1 Liter Flugbenzin

- 1 Brot

- kleiner Spiegel

- Streichhölzer

- 1 Schlafsack pro Person

- je einen Hut

- Sonnencreme

- MP3 Player mit Radioempfang

- 1 Funkgerät

- 2 Isomatten

- 3 Paar Handschuhe

- 3 Wolldecke

Wahrer Sinn des Spiels
Der aufmerksame Leiter entdeckt in seiner Jugendgruppe, wer sich automatisch eher aktiv oder passiv oder gar nicht beteiligt, wer für kleine Leitungsaufgaben in Frage kommt. Das Sozialverhalten offenbart sich also.

Einige Gedankenhilfen/ Argumentationshilfen zur Lösung der Aufgabe
Teil 1 - eine mögliche Reihenfolge:

- Erste Hilfe

- Maschine sichern (Feuer, Ölleck etc.), ggf. evakuieren

- Wind-und Sonnenschutz vor allem für die Verletzten herstellen

- alle brauchbaren Gegenstände aus der Maschine sichern

- Kommunikationsmöglichkeiten probieren (Funk etc.)

- nicht von der Maschine entfernen, sondern fest einrichten, Kraft sparen

- gegen Sandsturm und Nachtkälte sichern

- brennbares Material für die Nacht horten

- Signale anlegen (z.B.: große Pfeile in den Wüstensand zeichnen, dies macht man nachts)

- Wasser und Nahrung einteilen

Teil 2:

- Kompass (unbedingt nötig)

- 5 Liter Wasserbeutel leer (Abwägung: Findest du unterwegs Wasser, ist ein 2ter Beutel von 5 Litern sinnvoll, schwer ist er auch nicht, bei nur 5 Teilen wird er wohl eher aber nicht mitkommen)

- 2 Liter Wasserbeutel voll (unbedingt)

- 1 Liter reiner Alkohol (kann durch Verdunstung Kühle erzeugen und zum

Feuer machen dienen, ist wohl aber eher auch nicht   dabei)

- 1 Liter Flugbenzin (kann sehr hilfreich zum Feuern in der Nacht sein, aber Achtung, das brennt gar nicht so gut)

- 1 Brot (ein Mensch lebt ohne Nahrung ca. 3 Wochen, lieber zurücklassen)

- kleiner Spiegel (reicht als Blendsignalmittel in der Wüstensonne bis zu 50 km weit, unbedingt mitnehmen, um SOS an Flugzeuge und Landfahrzeuge zu blinken)

- Streichhölzer (unbedingt)

- 1 Schlafsack pro Person (zu schwer und tagsüber nicht zu gebrauchen, lieber die Wolldecken nehmen, die dienen tagsüber als Sonnenschutzbekleidung, Sonnendach und Windschutz. Nachts schön alle zusammenkuscheln, dann reichen die Decken aus)

- je einen Hut (sehr wichtig)

- Sonnencreme (kann man da lassen, wenn man die Haut anderweitig mit Kleidung schützt, was in der Wüste gemacht werden sollte)

- MP3 Player mit Radioempfang (wird man wohl drauf verzichten müssen, Radio kann natürlich sehr nützlich sein, aber bei 5 Dingen gibt es Wichtigeres)

- 1 Funkgerät (kann man heiß diskutieren, sinnvoll ja, mit leerem Akku aber sinnlos und die Reichweiten in der Regel beschränkt und auf welcher Frequenz man funkt, ist auch ein offenes Geheimnis, evtl...)

- 2 Isomatten (angenehm, aber Ballast und bei 5 Teilen wohl eher nicht dabei)

- 3 Paar Arbeitshandschuhe (die Hände sollte vor Sonne geschützt sein, das geht auch ohne Handschuhe)

- 3 Wolldecken (unbedingt mitnehmen)

Noch mal zur Erinnerung: Es gibt ja keine Musterlösung, der Sinn des Spieles ist es, das Sozialverhalten der Gruppe kennenzulernen. Man muss also nicht in einem Streitgespräch klären, was nun der einzig richtige Ansatz war, vielmehr kann man in der Gruppe diskutieren, wie man zu dem Ergebnis kam...

Variationen:

Zeitgleiches Spiel mit 2 Gruppen in verschiedenen Räumen und danach eine Diskussionsrunde über die Ergebnisse.

Ablauf: Geschichte noch zusammen hören, dann für die Aufgaben die Gruppen räumlich voneinander trennen.

Hinweis:

Natürlich muss bei zwei Gruppen auch der zweite Leiter der anderen Gruppe bei jener sein, sonst lernt man ja nichts über das Sozialverhalten der Gruppe.

Vielleicht druckt ihr ein Bild von der DC 3 Maschine aus dem Internet aus, das macht das sehr viel plastischer.

Sonstiges:

Es ist durchaus sinnvoll, die Bearbeitungszeit nur in etwa anzugeben und die Aufgabe dann als Leiter zum Ende zu bringen, wenn die Diskussion abflacht. Beim Diskutieren nachher auf jeden Fall die Standpunkte der Gruppenmitglieder akzeptieren. Man sollte als Leiter einfach noch ein paar Argumente aus der Hilfestellung mit einwerfen und die Gruppe dann ihre Entscheidung selber überdenken lassen.

Flugzeugabsturz

von Markus Toelstede

QUICK-JUMP
5170

Alter: ab 14 bis 99 Jahren

Anzahl: von 15 bis 99 Teilnehmer

Ort: ein unübersichtliches Gelände

Dauer: ca. 30 Minuten (abhängig von Gelände und Gruppengröße)

Ziel: Stärkung der Kooperation und Empathie

Material:

- verdunkelte Brillen (oder Augen verbinden)
- Bänder oder Stofffetzen
- Gehörschutz (Ohropax oder Mickymäuse)
- irgendein wiedererkennbarer Gegenstand

Beschreibung:

Zunächst erklärt man der Gruppe das Szenario dieses Spiels. Die Gruppe hat einen Flugzeugabsturz überlebt und muss nun versuchen ein Notsignal zu senden. Da die Gruppe im Gelände verstreut ist, muss sie sich erst finden und dann zum Flugschreiber begeben, der durch den gut wiedererkennbaren Gegendstand symbolisiert wird. Leider hat die Gruppe den Absturz nicht unverletzt überstanden:

Ca. ein Drittel hat sich jeweils ein Bein verletzt. Die betroffenen bekommen mit den Bändern eine Markierung am verletzten Bein und dürfen im Spiel mit diesem beim Laufen nicht auftreten (da manchmal Wartezeiten entstehen, in denen die TN nicht laufen, sollte es erlaubt sein, sich dann mit dem Bein abzustützen). Diese TN werden daraufhin im Gelände verteilt.

Das nächste Drittel der Gruppe wird mit Ohropax ausgestattet und hat einen Gehörschaden davon getragen. Nachdem diese TN ausgerüstet sind werden auch sie im Gelände verteilt.

Bis auf einen TN hat der Rest der Gruppe einen Sehschaden davon getragen. Die TN bekommen die Augen verbunden und werden ebenfalls im Gelände verteilt. Der letzte TN hat die schwersten Verletzungen davongetragen. Er/sie hat sowohl einen Sehschaden als auch beide Beine verletzt. Auch dieser TN wird im Gelände verteilt. Für sie/ihn sollte allerdings eine Stelle gewählt werden an der man gemütlich längere Zeit sitzen kann, denn dieser TN kann sich nicht alleine wegbewegen.

Zuletzt wird noch eine leicht versteckte Stelle für den Flugschreiber gewählt. Nach einem Startsignal muss sich die Gruppe sammeln und gemeinsam zum Flugschreiber begeben.

Variationen:

Bei manchen Gruppen kann die Aufgabe erschwert werden, indem das Spiel stumm gespielt wird. Man sollte allerdings diese Variante nur vorsichtig anwenden, da die Kommunikation mit den Blinden schwierig wird. Dies kann dann z.B. durch Berührungen geschehen. Es sollte dann vorher geübt werden, wie dies ablaufen kann (z.B. durch Blindenführung).

Bemerkung/Hinweis:

Durch die Wahl der Einschränkungen für einzelne TN kann man starken Einfluss auf den Ablauf dieses Spiels nehmen. So empfiehlt es sich die typische Rollenverteilung aufzubrechen und die Anführer in der Gruppe stärker einzuschränken (blind oder blind und lahm).

Sonstiges:

Die Spielerzahl ist theoretisch nach oben offen, aber ich würde es mit einer Gruppe, die deutlich über 25 TN hat, nicht mehr spielen, denn das Gelände müsste riesengroß werden, um zu vermeiden, dass alle von Beginn an schon zusammen sind.

Kommentar von Christian Mehler

Eine nicht in einen Kontext eingebundene Variation findet man in Blinde, Gelähmte und Stumme (s. Seite 37).

Flussüberquerung
von Matthias Heiber

QUICK-JUMP
3546

Alter: ab 6 bis 99 Jahren

Anzahl: von 5 bis 99 Teilnehmer

Ort: (nicht unbedingt ganz) ebene Fläche

Dauer: ca. 5 bis 10 Minuten pro Durchgang

Ziel: Förderung der Teamarbeit

Material:

- 2 Kartons
- Zeitungen
- Teppichfliesen (pro Spieler, Größe in Abhängigkeit vom Alter)
- 2 Seile

Vorbereitung:

Zwei Seile werden als Ufer eines Flusses ausgelegt. Abstand in Abhängigkeit von Gruppengröße und Zeit mindestens 10 Meter.

Beschreibung:

Die Aufgabe für die Gruppe lautet, einen Fluss trockenen Fußes zu überqueren. Dazu bekommt jedes Kind zwei Kartons, die nicht im Wasser versinken.

Die Kinder können nun beginnen, die Kartons ins Wasser zu werfen und den Fluss zu betreten. Wenn alle ausgelegt sind, werden die Kartons von hinte nach vorne gereicht, bis alle ans andere Ufer gekommen sind. Ist ein Kind mit einem Fuß ins Wasser gekommen, müssen alle ihn retten und zurück ans Startufer.

Nun gibt es auf dem breiten Fluss auch Stürme, d.h. wenn irgendwo freie Kartons ohne Füße sind, werden diese vom Sturm weggeblasen. So verschwinden eins ums andere Mal Kartons und nun müsen zwei Füße auf einem Karton stehen. Der Sturm wird von einem oder mehreren Betreuern gespielt.

Eine Gefahr ist natürlich, dass die Gruppe auf dem Fluss auseinander gerissen wird. Das andere ist, wenn die ersten frohlich ans Ufer rennen und nicht an die nachfolgenden Kinder denken, dann kann der Sturm zuschlagen und viele Kartons wegblasen.

Variationen:

- Eine Gruppe überquert den Fluss gegen den Sturm.

- Zwei Gruppen spielen gegeneinander und werden vom Sturm behindert.

- Auf Zeit den Fluss überqueren.

- Der Fluss wird in Schlangenlinien gelegt, die Überquerung geht nicht geradeaus, sondern findet in Schlangenlinien statt.

Kommentar von Christian Mehler

Weitere Variation: Schokofluss oder Weltraumspaziergang (s. Seite 60)

Gegenstände einholen

von Christoph Schindler

Alter:	ab 9 Jahren
Anzahl:	von 7 bis 15 Teilnehmer
Ort:	großer Platz
Dauer:	20 bis 30 Minuten
Ziel:	einfaches, gemeinsames Arbeiten; einstellen aufeinander

Material:

- 10 Gegenstände (z.B. kleine Bälle)
- Seil
- evtl. Augenbinden

Vorbereitung:

Aus dem Seil wird ein kleiner Kreis mit einem Radius von höchstens 1 m gelegt. Um diesen Kreis herum werden die Gegenstände verteilt. Sie sollten einen Abstand von 10 bis 15 m haben.

Beschreibung:

Alle Mitspieler fassen sich an den Händen und bilden so eine Kette. Die Gruppe muss die Gegenstände in den Kreis einholen. Dabei muss immer mindestens eine Person der Gruppe mit einem Fuß im Kreis stehen und die Kette darf nicht unterbrochen werden. Für nah gelegene Gegenstände dürfte es ausreichen, wenn alle die Arme weit ausstrecken. Für weiter entfernte Gegenstände müssen sich dann schon Leute z.B. auf den Boden legen und andere müssen sie an den Füßen festhalten, um die Kette nicht zu unterbrechen.

Insgesamt hat die Gruppe für 10 Gegenstände 15 Versuche, ihren Kreis zu verlassen. Jeder dieser Versuche hat ein Zeitlimit. (Als gutes Zeitlimit haben sich für den Anfang 30 Sekunden herausgestellt, nachher kann man auf 25 und dann auf 20 Sekunden runtergehen.) Innerhalb dieses Zeitlimits darf die Gruppe so viele Gegenstände einholen, wie sie schafft. Allerdings muss sie alle Gegenstände wieder abgeben, wenn nach Ende des Zeitlimits auch nur eine Person der Gruppe noch nicht komplett im Kreis ist oder wenn die Kette unterbrochen wurde.

Variationen:

Wenn die Gruppe schlau ist, benutzt sie Jacken, um die Kette zu verlängern. Das sollte man in der ersten Runde auch noch zulassen, nachher aber verbieten.

Wenn die Gruppe das Spiel einmal verstanden hat, sollte die Aufgabe etwas anspruchsvoller werden: Ein Spieler aus der Gruppe bekommt nun die Augen verbunden. Die Gruppe muss sich selbst überlegen, an welche Position sie ihn stellt. In der nächsten Runde können auch noch mehr Spieler eine Augenbinde bekommen. Auf einem Leiterlehrgang haben wir das Spiel gespielt, da war die Hälfte der Gruppe blind. Theoretisch können sogar alle bis auf einen blind sein.

Hinweis:

Wichtig ist, dass die Gruppe sich gut überlegt, welche Gegenstände zuerst geholt werden, und wie das gemacht wird. Denn nur eine Gruppe, die sich einig ist, hat überhaupt eine Chance. Das Spiel eignet sich hervorragend, um aus der Gruppe ein Team zu machen.

Holzstab wandern

von Christian Mehler

Alter: ab 8 Jahren

Anzahl: ab 5 Teilnehmern

Ort: beliebig

Dauer: 5 bis 15 Minuten

Ziel: einfache Kooperationsförderung; aufeinander einstellen

Material:

- pro Teilnehmer einen Holzstab in ca. Hüfthöhenlänge (evtl. Bambusstange für den Garten)

Beschreibung:

Die Teilnehmer stellen sich im Kreis auf. Jeder bekommt einen Stab, den er in der Mitte des Kreises aufstellt und nur noch mit seinem Zeigefinger von oben berühren darf. Jeder darf in einem Augenblick nur einen Stab berühren. Die Aufgabe der Gruppe ist es jetzt, drei Runden im Kreis zu drehen, wobei die Stäbe an ihrem Platz stehen bleiben sollen.

Die Gruppe muss sich also auf einem gemeinsamen Takt einigen.

Variationen:

- Jeder zweite Stab steht außerhalb des Kreises.

- Die Gruppe steht nicht in Kreisform, sondern in Form einer Acht.

Holzstabtragen

QUICK-JUMP
3205

Besenstiel balancieren, Schwebender Stab, Stabtragen

von Roland Riner

Alter: ab 6 Jahren

Anzahl: ab 3 Teilnehmern (bei über 10, mehrere Stäbe verwenden)

Ort: beliebig

Dauer: 5 bis 20 Minuten

Ziel: einfache Kooperationsförderung; Erkennen der Sozialstruktur

Material:

- 1 Holzstab

Beschreibung:

Der Stab wird horizontal in die Luft gehalten. Auf einer Seite des Stabes stehen so viele Personen wie auf der anderen. Nun halten alle ihren Zeigefinger unter den Stab.

Die Aufgabe ist nun, den Stab auf den Boden zu legen. Jedoch muss jeder mit seinem Finger immer den Stab berühren.

Kommentar von Julia Ständer

Das haben wir mit einem Hula-Hoop-Reifen gemacht!

Inseln überbrücken
von Christian Mehler

QUICK-JUMP
5047

Alter: ab 10 bis 99 Jahren

Anzahl: von 6 bis 12 Teilnehmer

Ort: ebene Fläche

Dauer: 15 bis 60 Minuten

Ziel: anspruchsvolle Kooperationsübung mit Problem lösen und Planungsphasen

Material:

- 3 Getränkekisten
- 2 lange, stabile Bretter (1,50 bis 2 Meter)
- lange Seile

Vorbereitung:

Die Bretter als Verbindung auf zwei der Getränkekisten legen. Die Gruppe darauf aufstellen lassen und den Zielbereich ("Festland") angeben.

Beschreibung:

Die Gruppe steht auf den Brettern ("Brücken") zwischen den Getränkekisten ("Inseln"). Unter ihnen ist das tobende Meer. Ziel ist es, dass die Gruppe es schafft, durch weitere Brückenkonstruktionen und den Weitertransport der Inseln das Festland zu erreichen.

Dabei gibt es mehrere Regeln:

- Inseln können nur bewegt werden, wenn keiner mehr auf diesen "lebt" und diese auch nicht mehr mit einer Brücke verbunden sind.
- "Gesicherte" (angebunden, festgehaltene) Inseln dürfen auch geworfen werden.
- Sobald eine Brücke abstürzt (eine Seite im Meer), ist diese untergegangen (weg).
- Stürzen Teilnehmer in das Meer, so startet man wieder an der Ausgangsstelle.

Variationen:

- Seile weglassen.
- mehr Bretter ("Brücken")

- weitere Getränkekisten ("Inseln")

- feste Inseln einführen (Getränkekisten in anderen Farben), die alle vor Erreichen des Festlandes erreicht werden müssen. Kann man gut zum Sammeln von irgendwelchen Gegenständen für die nächsten Spiele einsetzen.

Bemerkung/Hinweis:

Die Anzahl der Startinseln, der Brücken und der Abstand zum Festland sollte der Gruppengröße angepasst werden (ca. pro 8 Spieler jeweils eine Brücke und Insel hinzufügen, dabei ggf. in kleinere Gruppen aufteilen, die sich erst bei einer vorgeschriebenen Mittelinsel treffen und von dort als Gesamtgruppe weiterarbeiten).

It's the final countdown
Bis 21 zählen
von Christian Mehler

QUICK-JUMP
3335

Alter:	ab 7 Jahren
Anzahl:	von 10 bis 30 Teilnehmer
Ort:	drinnen oder draußen
Dauer:	5 bis 10 Minuten
Ziel:	Einstimmung aufeinander

Material:

keins (evtl. Augenbinden)

Vorbereitung:

Alle Spieler schließen die Augen oder bekommen diese verbunden.

Beschreibung:

Die Aufgabe der Gruppe ist es von 1 bis zur Mitgliederanzahl (oder eben rückwärts von der Mitgliederanzahl bis zu 1) zu zählen. Die Gruppe darf dabei nicht miteinander kommunizieren, um die Reihenfolge festzulegen. Beim Aufzählen darf keine Zahl übersprungen oder doppelt genannt werden. Zudem darf immer nur eine Person sprechen. Beim Eintreffen einer dieser Verbote muss jeweils von vorne begonnen werden.

Variation:

Etappenziele setzen, z.B. nur bis zur Hälfte zählen oder Namen der Teilnehmer nennen.

Bemerkung/Hinweis:

Auch wenn man es nicht erwartet, aber nach einiger Zeit funktioniert es in jeder Gruppe. Die Schwierigkeit besteht vor allem in dem Abspracheverbot.

Kommentar von Andrea Kaemper

Wir haben die Variante, dass sich alle hinlegen, damit man sich mit Blicken, Gesten usw. nicht mehr verständigen kann. Außerdem gibt es bei uns die Regel, dass nie der direkte Nachbar die nächste Zahl sagen darf.

Das Spiel hilft aufgeputschten Gruppen gleichzeitig, ein bisschen ruhiger zu werden und zu entspannen.

Je kleiner, desto besser
von Daniel Seiler

QUICK-JUMP
3809

Alter:	ab 12 bis 99 Jahren
Anzahl:	von 10 bis 99 Teilnehmer
Ort:	ebene Fläche
Dauer:	min. 10 Minuten
Ziel:	Förderung der (Selbst-)Einschätzung als Gruppe

Material:

- 3m langes Seil

Beschreibung:

Die Gruppe erhält das Seil und muss nun einen möglichst kleinen Kreis damit legen, bei dem sie glaubt, dass sie alle noch hineinpassen, d.h. darin stehen können. Die Gruppe darf nicht ausprobieren, ob sie es schafft. Wenn die Gruppe sich auf einen Kreis geeinigt hat, müssen sie es beweisen. Wenn sie es geschafft haben, kann noch eine zweite Runde angeboten werden, in dem ein kleinerer Kreis gelegt werden soll.

Danach bietet sich eine Reflexion an: Wer war Wortführer? Haben sich alle beteiligt gefühlt? Warum ist die Aufgabe gescheitert? ...

Kommentar von Christian Mehler

Auch wenn man es bei solch einem Kooperationsspiel eher vermeidet, fände ich es hierbei trotzdem interessant das Ganze mit zwei Gruppen zu machen, die sich gegenseitig sehen können. Dadurch kommen noch ganz andere Diskussionen zustande: "Die haben aber einen kleineren Kreis. - Passen die da noch rein? Machen wir unseren auch kleiner?"

Kommentar von Hendrik Stehr

Interessant zu beobachten wäre dabei auch, wie verschiedene Gruppen zusammenarbeiten:

z.B. Jungen - Mädchen; Jung - Alt; Mix - Mix; Leiter - Kinder

Kreissitzen
von Christian Mehler

QUICK-JUMP
5051

Alter:	ab 8 bis 99 Jahren
Anzahl:	von 10 bis 99 Teilnehmer
Ort:	ebene, weiche Fläche (Wiese, Turnhalle, etc.)
Dauer:	5 bis 10 Minuten
Ziel:	einfaches Zuammenarbeiten

Material:

keins

Beschreibung:

Die Spieler stellen sich im Kreis eng hintereinander auf. Danach setzen sich alle gleichzeitig auf die Oberschenkel der Person hinter sich.

Wenn das geklappt hat, kann man den Kreis noch mit weiteren Aufgaben (linker Arm an den Fußboden, Kreis rotieren lassen, Kreis bewegen) versorgen.

Kommentar von Andreas Robra

Das Spiel ist nicht ohne! Ich habe mal, als der Kreis sich sitzenderweise in Bewegung setzen sollte und wir alle umgefallen sind, meiner Hinterfrau eine Rippe gebrochen, indem ich auf ihr gelandet bin.

Kuhfladen

Briefbomben, Minesweeper

von Christian Mehler

QUICK-JUMP
5048

Alter: ab 10 bis 99 Jahren

Anzahl: von 6 bis 99 Teilnehmer

Ort: große Fläche

Dauer: 5 bis 30 Minuten

Ziel: Förderung der gemeinsamen Arbeit

Material:

- 25 bis 81 Briefumschläge mit Sichtfenster
- braune und grüne Farbkarten (Stücke von braunem und grünem Papier)

Vorbereitung:

Ca. 30% bis 60% der Briefumschläge mit den braunen Farbkarten ("Kuhfladen") so bestücken, dass man diese durch das Sichtfenster sieht. Die restlichen ebenso mit den grünen Farbkarten ("Wiese") bestücken. Briefumschläge mit Sichtfenster nach unten auf dem Boden auslegen (einfach: im Quadrat bzw. Rechteck).

Beschreibung:

Die Gruppe bekommt einige Minuten Zeit sich die Karten einzeln anzuschauen - sie also immer nur eine nach der anderen umdrehen, um sich zu merken, welches Feld ein Kuhfladen oder eine Wiese ist. Danach verlässt die Gruppe den Spielbereich und einigt sich auf eine Aufdeckstrategie sowie darauf, wer die Felder aufdeckt. Es dürfen nur die Wiesen-Felder aufgedeckt werden; dabei müssen allerdings zum Schluss alle Wiesenfelder umgedreht sein. Sollte ein Kuhfladen umgedreht werden, so setzt das Spiel mit einer weiteren Beratschlagungsphase fort.

Variationen:

- Redeverbot während der Aufdeckphase
- Kommunikationsverbot während der Aufdeckphase
- Kuhfladen 2 - mehr Gruppendynamik (s. Seite 50)

Kuhfladen 2 - mehr Gruppendynamik QUICK-JUMP
Minenfeld, Minesweeper
5052

von Christian Mehler

Alter: ab 10 bis 99 Jahren

Anzahl: von 6 bis 99 Teilnehmer

Ort: ebene, große Fläche

Dauer: 15 bis 50 Minuten

Ziel: Aufdecken der Abhängigkeit der Gruppe von jedem einzelnen Teammitglied

Material:

- 25 bis 81 Briefumschläge mit Sichtfenster
- braune und grüne Farbkarten (Stücke von braunem und grünem Papier)
- ein roter Briefumschlag
- ein grüner Briefumschlag

Vorbereitung:

Ca. 20% bis 70% der Briefumschläge mit den braunen Farbkarten ("Kuhfladen") so bestücken, dass man diese durch das Sichtfenster sieht. Die restlichen ebenso mit den grünen Farbkarten ("Wiese") bestücken. Briefumschläge mit Sichtfenster nach unten auf dem Boden auslegen (einfach: im Quadrat bzw. Rechteck). Der rote Briefumschlag stellt das Ziel dar, der grüne Briefumschlag den Start. Beim Ablegen der Briefumschläge sollte überprüfen werden, dass es einen Weg vom roten zum grünen Briefumschlag ohne Kuhfladen gibt.

Beschreibung:

Die Gruppe bekommt das Spielfeld gezeigt und entfernt sich von diesem, um eine Strategie zu entwickeln. Ziel ist es einen Weg vom grünen zum roten Briefumschlag zu finden. Dabei darf immer nur ein Spieler zum Spielfeld gehen und dort so viele Schritte machen, bis er auf einem Kuhfladen landet. Die restliche Gruppe darf dabei das Spielfeld nicht einsehen. Natürlich darf der Spieler jedoch mit der restlichen Gruppe kommunizieren, bevor der nächste Teilnehmer startet. Bevor jemand ein zweites Mal versucht über die Wiese zu gelangen, müssen alle anderen Gruppenmitglieder einen Versuch unternommen haben. Die Gruppe darf natürlich keine Aufzeichnungen/Notizen machen.

Variationen:

- Kuhfladen (s. Seite 49)
- Es darf nicht diagonal gegangen werden.
- Es wird nur der "fehlerhafte" Kuhfladen wieder umgedreht und der bereits gefundene Weg bleibt offen liegen.
- Es wird der gesamte bisherige Weg wieder umgedreht.

Magic Shoes
Schluchtüberquerung, Fliegende Schuhe
von Christian Mehler

QUICK-JUMP
5471

Alter: ab 14 Jahren

Anzahl: von 9 bis 40 Teilnehmer

Ort: ebene Fläche (am besten Wiese o.ä.)

Dauer: abhängig von der Gruppengröße

Ziel: gemeinsames Problem lösen; Vertrauen in die Gruppe

Material:
- Abtrennung (Seil, Pylonen)

Vorbereitung:
Drei Bereiche mit Hilfe der Abtrennungen auf dem Spielfeld herstellen:
- Start (eine Seite der Schlucht)
- Schlucht (ca. 2 bis 4 m breit)
- Ziel (andere Seite der Schlucht)

Beschreibung:
Die Teilnehmer befinden sich alle auf einer Seite der Schlucht und sollen diese überqueren. Dazu wird ihnen ein Paar "magische Schuhe" zur Verfügung gestellt. Mit Hilfe dieser kann der Träger die Schlucht überqueren. Allerdings kann jeder die magischen Schuhe nur einmal für einen Weg über die Schlucht tragen und diese nur durch Antippen des neuen Trägers (am besten mit den Shuhspitzen) übertragen (also kein Zurückwerfen der Schuhe, etc.). Am Ende sollen alle Teilnehmer auf der anderen Seite sein.

Variation:
Je nach Gruppe kann auch erlaubt werden, dass bspw. zwei Personen die Schuhe mehr als einmal anziehen dürfen.

Hinweis:
Bei diesem Spiel muss immer eine Person zwei andere über die Schlucht tragen. Daher bitte besonders bei Teilnehmern mit körperlichen Einschränkungen und Verletzungen auf Vorsicht und Sicherheit achten.

Murmeltransport

von Daniel Seiler

Alter: ab 9 Jahren

Anzahl: ab 4 Teilnehmern

Ort: beliebig

Dauer: 10 Minuten

Ziel: gegenseitige Einstimmung; einfache Kooperation

Material:

- Pappröhren
- Murmeln
- Markierungen

Beschreibung:

Unter Zuhilfenahme von Pappröhren soll die Gruppe zehn Murmeln über ein Distanz von A nach B bringen.

Spielregeln:

- Die Murmeln dürfen nicht mit den Händen oder sonstigen Körperteilen berührt werden (außer am Anfang zum Hinlegen).
- Die Spieler können sich mit ihren Pappröhren nur dann weiter bewegen, wenn sich keine Murmeln darin befinden.
- Fällt eine Murmel herunter, so muss vom Ausgangspunkt neu begonnen werden.
- Alle Spieler müssen am Transport aller Murmeln beteiligt sein.

Variationen:

Spielt man es im Wettkampf, kann man vergleichen, wer innerhalb von 10 Minuten die meisten Murmeln von A nach B gebracht hat

Kommentar von Daniel Seiler

Alternative: Ein Tischtennisball soll auf einer Frischhaltefolie, die in der Luft gehalten wird, vom Anfang bis zum Ende rollen, ohne dass der Tischtennisball von Menschen oder anderen Gegenständen berührt wird.

Kommentar von Christian Mehler

Beide Variationen kann man noch erschweren:

Beim Murmemltransport:
- Jeder bekommt bspw. zwei Röhren.

- Die Kommunikation während der Durchführung ist verboten.

- Die TN werden mit bestimmten Handicaps ausgestattet (bspw. je zwei bekommen die Beine aneinander gebunden).

Beim Tischtennisballtransport ergibt sich das Hauptproblem aus den direkten Vorgaben:
- Länge der Folie im Verhältnis zu der Anzahl der TN

- Wie darf die Folie gehalten werden? Darf man sie rollen, muss sie gespannt sein? Mit wie vielen Händen bzw. Fingern darf oder muss jeder die Folie berühren?

- Die Königsstufe: 0,75 m Folie pro TN, jeder muss mit genau zwei Fingern berühren, die Folie muss in alle Richtungen gespannt sein

Pinguine in Seenot
von Cornelia Steinmann

QUICK-JUMP
766

Alter:	ab 9 Jahren
Anzahl:	ab 5 Teilnehmern
Ort:	drinnen und draußen
Dauer:	ca. 5 bis 10 Minuten
Ziel:	Förderung der Kooperation

Material:

- Zeitungen
- Klebeband

Vorbereitung:

Ein paar Bögen Zeitungspapier zu einer Eisscholle zusammenkleben.

Beschreibung:

Die Pinguine stehen auf einer Eisscholle, die langsam nach Norden driftet (weil Pinguine am Südpol wohnen). Leider beginnt das Eis langsam zu schmelzen, und die Eisscholle wird immer kleiner (das Schmelzen wird vom Gruppenleiter simuliert, indem er immer wieder ein Stück von der Scholle abreist). Wie lange dauert es, bis der erste Pinguin ins Wasser stürzt?

Variation:

Ihr könnt auch mit zwei Gruppen spielen und nachher vergleichen, wer die kleinere Eisscholle hatte, als der Erste herunter fiel.

Schafspiel

von Reiner Siegmund

QUICK-JUMP
1884

Alter: ab 12 Jahren

Anzahl: von 5 bis 30 Teilnehmer

Ort: Wiese oder Platz ohne Stolperfallen

Dauer: ca. 45 Minuten

Ziel: Förderung der Gemeinschaft und des Vertrauens der Gruppe

Material:

- für jeden Mitspieler eine Augenbinde
- Stöcke
- Markierungsband o.ä. für den Pferch

Beschreibung:

Das Spiel teilt sich in drei Phasen. In der ersten Phase wird den Mitspielern die Aufgabe mitgeteilt. Danach haben sie eine bestimmte Zeit zur Verfügung, um sich eine Lösung einfallen zu lassen. In der zweiten Phase muss diese Lösung den Praxistest bestehen. Eine Auswertungsrunde schließt mit der dritten Phase das Spiel ab.

Erste Phase

Die Gruppe erhält folgende Aufgabe:

1. Ihr seid bei dem Spiel alle blinde Schafe und werdet zu Beginn mit verbundenen Augen von dem Spielleiter auf dem Spielfeld verteilt.

2. Einer von euch wird zum fußkranken Schäfer ernannt. Er steht in der Mitte des Spielfeldes und darf sich während dem Spiel nicht vom Platz bewegen. Wer es sein wird, wisst ihr erst, wenn der Spielleiter einem von euch die Augenbinde wieder abnimmt und ihm den Pferch zeigt.

3. Weder die Schafe noch der Schäfer dürfen während dem Spiel reden, sondern nur Laute von sich geben.

4. Ziel ist es, alle Schafe unbeschadet in einen Pferch zu bringen.

Nach dem Erklären der Spielregeln erhält die Gruppe 10 Minuten (oder bei Kindern etwas länger) Zeit, um sich eine Strategie auszudenken.

Zweite Phase

Dann wird es ernst: Die Spieler dürfen fortan nicht mehr miteinander reden und begeben sich zum Spielfeld. Dort verbinden sie sich die Augen und der Spielleiter verteilt sie auf dem Spielfeld. Ein Teilnehmer wird zum Schäfer und darf die Augenbinde wieder abnehmen. Jetzt wird der Pferch gezeigt bzw. aufgebaut. Und los geht's!

Dritte Phase

Bei der Nachbesprechung sollte jeder seine Gefühle äußern dürfen. Wie ist es dem Schäfer und ggf. dem Leithammel ergangen? Was hat gefehlt? etc.

Variationen:

Wenn die Gruppe das Spiel bereits kennt oder es mit ausgefuchsten Erwachsenen gespielt wird, können weitere Handicaps eingebaut werden. Zum Beispiel zwei lahme Schafe, die nicht laufen können und getragen werden müssen. Auch sie stehen erst kurz vor Spielbeginn fest, wenn der Spielleiter sie auf die Knie zwingt...

Bemerkung/Hinweis:

Der Spielleiter muss auf Hindernisse, Bodenunebenheiten etc. aufpassen - und das für alle Schafe gleichzeitig!

Kommentar von Stephan Kunzmann

Eine Lösungsstrategie:

Der Schäfer kann einen bestimmten Laut von sich geben, der vorher vereinbart wurde (gut für Kindergruppen).

Kommentar von Andreas Robra

Das Spiel ist sehr komplex und sollte deshalb nur in Gruppen eingegeben werden, die sich schon einigermaßen vertraut sind und damit auch Vertrauen zueinander und zur Leitung haben.

Eine Lösungsstrategie:

Vereinbarung, dass sich die (blinden) Schafe alle in der Mitte des Raumes versammeln (man hört am Fußgetrappel, wo die anderen sind, und da ist dann eben auch die Mitte), sich dann alle in einer Reihe aufstellen und sich als Kette an den Schultern fassen. Der Erste als Leithammel sollte dann durch vereinbarte Signale vom Schäfer in der Pferch gelotst werden und den Rest der Herde hinterher ziehen.

Kommentar von Gérard Hofmann

Interessant ist es sicher auch, die Gruppendynamik bei der Lösungsfindung zu beobachten (wenn der Leiter die Gruppe schon kennt, weiß er sicher schon im Voraus, wer die Wortführer, die Mitläufer, die "graue Eminenz", die Außenseiter, usw. sind). Interessant aber auch, um dann z.B. gerade einem Außenseiter oder einem Teilnehmer der wenig Selbstvertrauen hat, die Rolle des Schäfers zuzuweisen.

Eine Lösungsstrategie:

Die Gruppe nummeriert sich durch von 1 bis z.B. 8 (Anzahl der Spieler). Um den Spieler 1 zu rufen (zu erkennen), bellt der Schäfer einmal, bei Spieler 2 also zweimal bellen (bei vielen Spielern können auch mehrere Tierlaute vereinbart werden). Das gerufene Schaf antwortet, indem es einen Schafslaut von sich gibt.

Der Schäfer dirigiert nun dieses Schaf zu sich hin mit weiteren vorher vereinbarten Tierlauten, z.B. Grunzen = Umdrehen, Wiehern = nach rechts, Gackern = nach links, Miau = geradeaus.

Der Schäfer kann auch Schafgruppen machen, indem er ein Schaf (oder eine bereits bestehende Gruppe) zu einem anderen Schaf führt. Damit die Schafe wissen, wann sie sich zu einer Gruppe vereinen sollen, wird ein weiterer Tierlaut vereinbart (z.B. Quaken). Das Schaf stellt sich immer hinten an und legt dem Vordermann die Hände auf die Schultern.

Durch Bellen kann der Schäfer auch Herausfinden, wer welches Schaf ist (Antwort). Er braucht sich also noch nicht mal die Mitspieler zu merken. Erst bei grunzen, wiehern, gackern oder miauen läuft das Schaf dann.

Schneeskulpturen bauen
von Matthias Heiber

Alter: ab 6 Jahren

Anzahl: ab 3 Teilnehmern

Ort: Winterlandschaft

Dauer: 10 bis 240 Minuten (dehnbar)

Ziel: Gemeinsames haptisches Arbeiten; Stärkung des Wir-Gefühls

Material:

- Werkzeug zum Formen der Skulptur:
    - › kleine Schaufeln verschiedener Größen
    - › Schnitzwerkzeug
    - › Stöcke
- große Gefäße (z.B. Wasserfass), die mit Schnee gefüllt werden können
- Schubkarre
- große Schaufel

Beschreibung:

Die Gruppe muss sich absprechen welches Motiv gebaut und wie groß ihre Skulptur werden soll. Weiterhin muss die Arbeitsaufteilung besprochen werden. Das Anfertigen von Skizzen erleichtert die nachfolgende Arbeit.

Mit Schubkarren und Schaufeln wird der Schnee eingesammelt und in das große Gefäß gefüllt. Immer wieder wird der Schnee festgedrückt, damit ein gleichmäßiger Schneekörper entsteht. Ist das Gefäß voll, wird es umgedreht und abgezogen.

Nun wird die Skulptur gebaut. Mit Hilfe der Werkzeuge wird der Schnee abgetragen, bis die Skulptur fertig ist. Der Schwierigkeitsgrad der Skulpturen hängt natürlich vom Alter der Kinder ab.

Variationen:

- Gestalten mit Fremdmaterialien kann verboten oder zugelassen sein.

- eine Ausstellung mit mehrere Skulpturen anbieten

Kommentar von Jonathan Massini

Wenn man über den Schneehaufen Wasser kippt und es über Nacht gefrieren lässt, wird die Skulptur besser, wobei es dann auch schwerer ist, sie aus dem Schneehaufen zu hauen.

Schokofluss

QUICK-JUMP
4540

Amazonas überqueren, Weltraumspaziergang
von Miriam Gonsior

Alter: ab 9 bis 17 Jahren

Anzahl: von 5 bis 30 Teilnehmer

Ort: am besten geteerter Boden

Dauer: je nach Spieleranzahl ca. 30 min

Ziel: Förderung der Kooperation; Problem lösen

Material:

- Din-A4 Blätter oder Brettchen (jeweils eins mehr als Spieleranzahl)
- evtl. Kreide oder Dinge (zum Anfang und Ende markieren)

Vorbereitung:

Das Spielfeld begrenzen, d.h. Anfang und Ende z.B. mit Kreide markieren.

Beschreibung:

Dieses Spiel wird je nach Gruppe Schokofluss oder auch Weltraumspaziergang genannt (manchmal auch Amazonas). Ziel ist es, mit den Blättern (oder Brettchen) auf die andere Seite des Feldes zu gelangen. Dabei darf der Boden nicht berührt werden (denn der ist z.B. der gefährliche Amazonas). Ein Blatt, das am Boden ist, verschwindet und muss vom Spielleiter entfernt werden, sofern kein Körperteil (d.h. normalerweise ein Fuß) das Blatt berührt. Das bedeutet, dass jeweils zwei Kinder mit je einem Fuß gleichzeitig auf einem Blatt stehen sollten, damit es nicht versinkt. Wenn alle Spieler zusammen auf der anderen Seite angekommen sind, haben sie gewonnen!

Bemerkung/Hinweis:

Man kann auch noch sogenannte "Inseln" einbauen. Dieser werden in Form eines Kreises mit Kreide dargestellt, in dem ein zusätzliches Blatt liegt. Auf diesem Blatt muss kein Fuß stehen, damit es liegen bleibt, denn es liegt auf der markierten Insel.

Bei dem Spiel kommt es auf Kommunikation an, denn die Spieler müssen sich absprechen, wer wann das Blatt verlässt. Eventuell müssen sie sich sogar auf den Rücken nehmen, damit alle durchkommen.

Kommentar von Antonie Biederer

Eine mögliche Erweiterung:

Sobald jemand den Boden berührt, also mit einer Hand oder einem Fuß nicht ein Blatt Papier berüht, dann wird derjenige "blind", d.h. er bekommt seine Augen verbunden. Nun ist es für die Anderen noch schwieriger, alle heil ans andere Ufer zu bringen, da sie ja "Behinderte" dabei haben. Die Zusammenarbeit wird noch wichtiger.

Alternativ können manche Kinder (eventuell auch schon von Anfang an) als "Behinderte" bestimmt werden - entweder werden ihnen die Augen verbunden, oder sie bekommen die Arme an den Körper gebunden, so dass sie diese nicht benutzen können, oder die schwierigste Variante: mit zusammengebundenen Füßen.

Kommentar von Christian Mehler

Weitere Variation: Flussüberquerung (s. Seite 38)

Sperrzone

QUICK-JUMP
5055

Sperrgebiet, Verbotene Zone, Verbotenes Gelände

von Christian Mehler

Alter: ab 10 bis 99 Jahren

Anzahl: von 10 bis 30 Teilnehmer

Ort: ebene, weiche Fläche; draußen

Dauer: 30 bis 60 Minuten

Ziel: anspruchsvolle Förderung der Teamarbeit

Material:

- 2 Seile
- viele weitere Gegenstände
- ggf. ein Helm

Vorbereitung:

Ein Seil um den Baum herum als Abgrenzung der Sperrzone auslegen (mind. 3 Meter Radius). Das andere Seil in ca. Brusthöhe am Baum befestigen. Die Gegenstände in der Sperrzone verteilen. Dabei diese nicht zu nah am Baumstamm, aber auch nicht so weit weg auslegen, dass diese von außen erreichbar sind.

Beschreibung:

Die Gruppenaufgabe lautet, die Gegenstände aus der Sperrzone zu bergen, ohne dabei den Boden dieser zu berühren. Es dürfen keine weiteren Hilfsmittel außer dem am Baum befestigten Seil eingesetzt werden.

Die Lösungsstrategie ist hierbei meist sehr schnell gefunden, die Umsetzung dauert jedoch etwas. Um die Sicherheit zu erhöhen, kann man den bzw. die Seilkletterer noch mit einem Helm versehen.

Variation:

Mit einer leeren Getränkekiste und einem Holzbrett (mind. 1 Meter länger als der Radius der Sperrzone, ggf. je nach Gruppengröße noch länger) kann man dasselbe Ziel erreichen. Dabei liegt das Holzbrett auf einer Seite auf der Getränkekiste. Das andere muss von der Gruppe gehalten werden.

Dies kann man sogar noch zu einem regelrechten Sperrgebiet ausbauen: Viele Getränkekisten, Seile und Bretter. Auf jedem Brett dürfen max. 2 Personen gleichzeitig, aber muss immer auch wenigstens eine sein. Auf einer Getränkekiste darf maximal 1 Person sein. Ähnlich wie bei Gegenstände einholen (s. Seite 40) und Inseln überbrücken (s. Seite 44).

Spinnennetz durchqueren

von Markus König

Alter: ab 10 Jahren

Anzahl: ab 5 Teilnehmern

Ort: ebene, weiche Fläche; draußen

Dauer: 5 bis 30 Minuten

Ziel: Problem lösen; als Team zusammen arbeiten

Material:

- ausreichend lange Seile und Schnüre

Beschreibung:

Die Gruppe muss (einer nach dem anderen) das Spinnennetz durchqueren.

Regeln:

Es dürfen alle Teilnehmer zusammenarbeiten, um z.B. Teilnehmer durch hohe Löcher zu befördern. Jedes Loch darf nur von einem Teilnehmer benutzt werden.

Variation:

Je nach gewünschtem Schwierigkeitsgrad können noch mehr Regeln aufgestellt werden, z.B.

- das Berühren des Netzes ist verboten

- Jeder darf nur auf seiner Seite des Netzes mithelfen, also darf nicht durch das Netz hindurch gegriffen werden.

Stuhlkreis mal anders
von Martin Baumgärtner

QUICK-JUMP
5175

Alter: ab 8 Jahren

Anzahl: ab 4 Teilnehmern

Ort: freie, gerade Fläche mit festem Untergrund

Dauer: 15 bis 20 Minuten

Ziel: Aufeinander einstellen; im selben Takt arbeiten

Material:

- pro Teilnehmer ein Stuhl

Beschreibung:

Alle Spieler stellen sich hinter ihrem Stuhl im Kreis auf. Mit einer Hand wird der Stuhl gefasst und nach vorne auf die vorderen Stuhlbeine gekippt. Die andere Hand wird auf den Rücken gelegt. Nun ist es die Aufgabe der Gruppe sich einmal um diesen Stuhlkreis zu bewegen OHNE, dass ein Stuhl kippt.

Variation:

Der Spielleiter kann das Spiel verändern, indem

- er ein Zeitlimit setzt für eine Umrundung (variiert je nach Gruppengröße)
- alle Spieler mit der "schwachen" Hand spielen müssen
- der Spielleiter die Drehrichtung der Gruppe während eines Durchgangs verändert

Teppich umdrehen
Flipchart wenden, Gruppenwenden
von Christian Mehler

QUICK-JUMP
5054

Alter: ab 8 Jahren

Anzahl: ab 6 Teilnehmern

Ort: ebene Fläche

Dauer: 5 bis 20 Minuten

Ziel: als Team agieren; Problem lösen

Material:

- Teppich, Plane, Plakat oder Flipchart-Papier

Beschreibung:

Die Gruppe stellt sich komplett auf den Teppich (o.ä.) und bekommt die Aufgabe den Teppich umzudrehen, ohne dass dabei ein Teilnehmer den Fußboden berührt.

Es bietet sich an, die Zielseite entsprechend zu markieren (Klebeband, Edding-Strich, etc.).

Wer hat den Würfel?

QUICK-JUMP
5198

Huhnjagd, Rette das Huhn!, Wer hat Henrietta?

von Laszlo Godard

Alter: ab 8 bis 99 Jahren

Anzahl: von 3 bis 10 Teilnehmer

Ort: freies Feld, viel Platz

Dauer: wenige Minuten

Ziel: Förderung der Gruppenarbeit

Material:

- großer Schaumstoffwürfel
- Seil (o.Ä.) zum Markieren der Startlinie

Beschreibung:

Die Spieler stehen in einer Linie hinter der Startlinie. Der Spielleiter steht ungefähr 10 bis 15 Meter davon entfernt, mit dem Gesicht von den Spielern abgewandt. Auf dem Boden direkt hinter dem Spielleiter liegt der Würfel.

Der Spielleiter ruft laut den Satz "Wer hat den Würfel?". In dieser Zeit dürfen sich die Spieler bewegen. Sobald der Satz verklungen ist, dreht sich der Spielleiter blitzschnell um. Spieler, die er in Bewegung erwischt, schickt er zurück zur Startlinie. Das Ganze wiederholt sich so lange, bis einer der Spieler den Würfel nimmt und möglichst gut hinter seinem Rücken versteckt.

Dann darf der Spielleiter einmal pro Satz einen Spieler auffordern, seine Hände zu zeigen. Hat er den Würfel gefunden, haben die Spieler verloren, müssen alle zurück und das Spiel beginnt von vorne. Hat der aufgeforderte Spieler den Würfel nicht, passiert nichts. Die Aufgabe der Spieler ist es nun, während dem Satz sich zu bewegen, den Würfel auszutauschen und ihn so gemeinsam hinter die Startlinie zu bekommen. Sobald ein Spieler mit dem Würfel in der Hand die Startlinie überquert hat, ist das Spiel gewonnen. Dieser Spieler wird dann zum neuen Spielleiter.

Variation:

Der Schwierigkeitsgrad kann durch andere Gegenstände (Schlüsselbund, kleiner Rucksack,...) vergrößert oder durch längere Sätze ("Wer hat den klimpernden Schlüsselbund?") verringert werden. Ebenso kann die Länge der Strecke angepasst oder nur eine Fortbewegungsart erlaubt werden.

Bemerkung/Hinweis:

Der Würfel darf jedoch nicht geworfen werden und immer genau ein Spieler muss ihn in den Händen halten (Es ist also nicht erlaubt, dass zwei Spieler ihn halten und dadurch der Entdeckung durch den Spielleiter entgehen, dass der jeweils nicht Aufgerufene den Würfel behält.).

Kommentar von Christian Mehler

Kenne ich mit einem Plastikhuhn (Hundebedarf) und dem Spruch: "Wer hat Henrietta?". Den Spielern sollte die Möglichkeit gegeben werden, sich zu beraten und eine Strategie zu entwickeln (ohne Anwensenheit des Spielleiters), um es zur Gruppenaufgabe zu machen. Mit dem Huhn lässt es sich gut in das Spiel mit Hilfe einer Geschichte von Wolfsrudeln, Bauernhof und der Suche nach Nahrung einleiten.

Zusammen sind wir stark!
von Sylvia Vogl

QUICK-JUMP
5163

Alter: ab ca. 10 Jahren, evtl. auch jünger (dann muss die Teilnehmerzahl kleiner, nicht mehr als 15, gehalten werden)

Anzahl: von 10 bis 40 Teilnehmer

Ort: ebene Fläche

Dauer: 10 bis 45 Minuten

Ziel: Förderung von Kommunikation und Kooperation

Material:

- Seil 10-20 m
- 5-10 Gegenstände (max. 20 cm groß, z.B. Ball, Stofftier, Augenbinde usw.)

Vorbereitung:

Der Spielleiter legt das Seil kreisförmig aus. Das ist die Basisstation für die Spieler, danach verteilt er die Gegenstände in großem Abstand von der Basisstation (so weit, dass die Gruppe große Anstrengungen auf sich nehmen muss).

Beschreibung:

Die Spieler müssen die Gegenstände alle innerhalb einer gewissen Zeit bergen: Jeder Gegenstand muss einzeln geborgen werden. Dabei müssen die Spieler immer Kontakt zueinander halten (z.B. sich an den Händen halten, jede Art von Berührung ist erlaubt). Es muss auch immer Kontakt zur Basisstation bestehen.

Pro Bergungsversuch steht der Gruppe 1/2 Minuten (je nach Teilnehmerzahl) zur Verfügung. Insgesamt stehen 15 bis 30 Minuten (je nach Anzahl der Gegenstände/Teilnehmer usw.) zur Verfügung. Wenn bei einem Bergungsversuch der Kontakt abreißt, muss der Versuch wiederholt werden.

Bevor die Gruppe beginnt, hat sie 5 bis 10 Minuten Beratungszeit. (Um die Aktion zu erschweren, kann der Spielleiter bestimmen, dass nach der Beratungszeit nicht mehr verbal kommuniziert werden darf.)

Bemerkung/Hinweis:

Es kann sehr körperbetont werden, manche Teilnehmer legen sich auch der Länge nach auf den Boden, um eine größere Reichweite zu erzielen. Daher muss auf den Untergrund geachtet werden!

Zwergenrätsel
von Andreas Robra

QUICK-JUMP
3895

Alter: ab 14 Jahren

Anzahl: ab 5 Teilnehmern

Ort: beliebig

Dauer: 10 bis 60 Minuten

Ziel: Problem lösen

Material:

- Klebepunkte oder Briefumschläge mit farbigen Kärtchen

Beschreibung:

Eine Anzahl von Zwergen befindet sich in einer Höhle, gefangen von einem bösen Höhlentroll, der sie nach und nach verspeisen will. (Kennt man ja aus „Der kleine Hobbit")

Da dieser Troll ein wenig Sportgeist besitzt, hat er den Zwergen eine Aufgabe gestellt. Sollten sie die Aufgabe lösen, wird er die Zwerge frei lassen. Falls nicht: Tja...

Der Troll hat jedem Zwerg hat eine Mütze aufgesetzt, und zwar entweder eine rote oder eine grüne. Es ist stockfinster in der Höhle, so dass kein Zwerg etwas sehen kann. D.h. die Zwerge sehen weder welche Farbe die Mützen der anderen Zwerge haben, noch wissen sie, welche Farbe ihre eigene Mütze hat.

Solange sie sich in der finsteren Höhle befinden, dürfen sie immerhin miteinander sprechen und sich beratschlagen. Dies sollten sie auch unbedingt tun, denn nach einiger Zeit wird der Troll einen Zwerg nach dem anderen aus der Höhle lassen.

Dort, vor der Höhle, sollen sich die Zwerge nach Mützenfarbe sortiert aufstellen, die Grünmützen auf der einen, die Rotmützen auf der anderen Seite. Draußen vor der Höhle ist es hell, so dass die Zwerge sehen können, welche Farbe die Mützen der anderen Zwerge haben. Die Farbe ihrer eigenen Mütze können sie allerdings nicht sehen.

Als besondere Gemeinheit hat der Troll ihnen für draußen verboten, zu sprechen und sich irgendwelche wie auch immer geartete Zeichen zu geben. D.h. sobald die Zwerge die Höhle verlassen, ist ihnen jede Kommunikation verboten. Schummelversuche wird der Troll sofort auf unappetitliche Weise ahnden!

Wer hat eine Idee, wie die Zwerge sich retten können?

Hinweis:

Mit z.B. auf den Rücken geklebten farbigen Klebepunkten kann das Rätsel natürlich auch als Kooperationsspiel gestaltet werden!

Oder alternativ die Farbpunkte in Briefumschläge packen, die natürlich erst vor der Höhle geöffnet werden dürfen, nachdem die jeweilige Person glaubt ihre Position gefunden zu haben.

Eine Lösung von Holger Grytz

Die ersten beiden Zwerge stellen sich nebeneinander. Der dritte Zwerg schaut sich die Mützen der ersten beiden an. Haben sie die gleiche Farbe stellt er sich neben die beiden. Haben sie unterschiedliche Farben, stellt er sich zwischen sie. Der vierte Zwerg schaut wieder die Mützen an. Bei gleicher Farbe stellt er sich daneben, bei zwei roten und einer grünen (oder umgekehrt), stellt er sich zwischen die roten und die grünen Mützen. So verfährt auch jeder weitere Zwerg. Am Ende sollten alle nach Farbe sortiert sein und können von dannen ziehen.

Gruppen-Aufgaben

Stichwortverzeichnis